Les récréations de Justine

À Clovis, autrement appelé Oscar…

DANS LA MÊME COLLECTION

- Justine entre au CP
- Justine part en vacances
- Justine attend la petite souris

Laurent Sabathié – Roberta Angeletti

- Les Têtes-Rouges

André Benchetrit – Rémi Saillard

- Les trois secrets

Jane Champeyrache – Frédéric Pillot

- Salsa à la récré

Achmy Halley – Anne-Isabelle Le Touzé

- Théo fait son numéro
- Théo prend son envol

Victoire Girerd – Sofi

- Les poux de la reine

Anne-Claire Lévêque – François Ruyer

- Paulette se déchaîne

Anne-Claire Lévêque – Anne-Sophie Tschiegg

- Même pas sommeil

Sylvie de Mathuisieulx – Savine Pied

- Le liseron de Jules

Kochka – Olivier Lutyk

- Les fleurs d'écume

Finzo

ISBN 2-7011-3296-7

Laurent Sabathié

Roberta Angeletti

Les récréations de Justine

BELIN
Jeunesse

C'est une habitude,
on ne sait pas pourquoi,
mais au début de chaque récréation,
Oscar traverse la cour
à toute vitesse jusqu'au préau.

Justine le suit, et si Oscar
ne démarre pas trop tôt,
c'est elle qui touche en premier
le poteau.

Il faut ensuite trouver un jeu.

Oscar choisit de jouer aux billes,
Alors, Justine sort ses calots.
Avant la partie, ils décident :
« C'est pour de vrai ou pour de faux ? ».

Si Justine joue à la marelle,
d’une case à l’autre, à cloche-pied,
elle va de la terre jusqu’au ciel.
Oscar essaie de l’imiter.

Oscar grimpe sur les bancs de la cour,
quand Justine joue à chat perché.
La maîtresse lui dit toujours :
« Descends, sinon tu vas tomber ! »

Justine prend sa corde à sauter.
Ses bras tournent, on dirait
qu'elle s'envole.
À son tour, Oscar veut jouer.
Il est lourd… enfin il décolle !

Oscar échange des images.

Il dit : « Celle-ci contre celle-là ? »

Justine réfléchit au partage,

répond « Ça vaut » ou « Ça n'vaut pas ».

Quand Oscar joue à cache-cache,
Justine se colle au marronnier.
Elle compte à voix haute pour
qu'il sache qu'elle va bientôt
se retourner.

Justine joue au jeu des métiers. Elle mime sa maîtresse dans la classe.

Oscar lui crie : « J'ai deviné, c'est la marchande qui vend des glaces ! »

Pendant la partie de football,
tous les deux sont dans la même équipe.
Oscar tient la place du goal.
Justine attaque, elle court très vite.

Mais si Oscar joue à la bagarre,
s'il lance le pied en l'air,
s'il crie et tend les poings,

Justine tourne la tête
et va jouer dans son coin.

Et si Justine chante à tue-tête,
qu'elle fait la révérence
sur la pointe des pieds…

…Oscar fait la grimace
et part de son côté.

DRIINNG ! Quand la cloche a sonné,
que la récréation est terminée,
tous les enfants vont se ranger.
« Par deux. » demande la maîtresse.
Alors, Justine donne la main à une fille
et Oscar choisit un garçon.

C'est une habitude,
on ne sait pas pourquoi,
mais c'est toujours
comme ça !

Découvrir ensemble

Les récréations de Justine

L'école, ce n'est pas seulement la classe. C'est aussi la cour, espace de liberté où les langues se délient, où les amitiés se nouent et se dénouent, où le corps s'exprime. Justine nous livre ici une nouvelle tranche de vie, en compagnie d'Oscar, son meilleur ami.

Les récréations de Justine dévoile au lecteur, dans un texte aux accents poétiques, ces petits riens qui font d'une cour d'école le lieu rêvé pour apprendre à vivre ensemble.

Voici quelques pistes d'exploitation qui vous permettront d'accompagner vos élèves dans la lecture de l'album.

le texte

- L'histoire commence au début d'une récréation et l'on peut se demander pourquoi, page 4, Oscar est si pressé d'atteindre le préau.
- Lorsque, page 6, se pose le choix d'un jeu, **susciter les propositions des enfants** avant de poursuivre la lecture : « À quel jeu Justine et Oscar pourraient-ils bien jouer ? ».
- Au fil de l'album, s'assurer que les jeux évoqués sont suffisamment connus pour comprendre le sens de « calot » page 8, « la terre et le ciel » page 9, « se coller » page 13, « goal » et « attaquer » page 15.
- Faire repérer qu'Oscar ne répond pas toujours volontiers aux propositions de Justine (page 9, « Oscar *essaie* de l'imiter » et page 11, « *enfin* il décolle »). Page 19, Oscar refuse de danser. On s'interrogera alors sur **certains clichés** : « Y a-t-il des jeux exclusivement pour les garçons et d'autres, pour les filles ? pourquoi ? ».
- La question peut revenir en dernière page : « À la place de Justine (ou d'Oscar), feriez-vous la même chose ? pourquoi ? ». On remarquera que l'image laisse entendre qu'au premier rang, une fille et un garçon se donnent la main.

▸ En conclusion, on appréciera que l'histoire se déroule **le temps d'une récréation** et s'achève avec la sonnerie bien connue des élèves (« Drinnng ! »).

Les illustrations

▸ On peut faire précéder la lecture du texte d'une lecture de l'album uniquement par les images, de façon à découvrir les personnages, le contexte, l'action.

▸ **Repérer les différents plans** des illustrations (par exemple, pages 4-5, 6-7, 13) : dire ce qu'on voit devant, derrière et comment on sait que c'est devant ou derrière (personnages de tailles différentes, placés en bas ou en haut de l'image). Vérifier alors que dans la réalité, ce qui est loin est plus petit que ce qui est près, qu'une route est perçue comme un triangle et non comme une bande régulière.

On pourra aussi repérer dans diverses œuvres picturales, par exemple des paysages classiques ou modernes, la façon de dessiner qui crée ou non une impression de profondeur. Dans l'album *Où est le chat ?*, de Lucy Micklethwait (Bayard éditions), on trouvera des reproductions intéressantes (*Le jardin zoologique*, de Paul Klee, et *L'adoration des mages*, de Jan Bruegel...).

▸ Comparer **l'angle de prise de vue** entre les pages 4-5 et 20-21 (plongée) et les pages 12-13 ou 16-17 (de face). « Qui regarde la scène ? » : de face, forcément un autre enfant ; en plongée, un enfant perché en hauteur ou peut-être la maîtresse...

Découvrir l'écrit

▸ Reconnaître **les jeux de sonorités** du texte (trop tôt-poteau, page 5 ; cour-toujours, perché-tomber, page 10...), les effets rythmiques et la mise en page pour apprécier la nature poétique de l'album.

▸ Identifier le texte comme **descriptif**, par comparaison avec les autres albums de Justine nettement narratifs.

▸ À partir de termes spécifiques à certains jeux (calot, goal...), découvrir la notion de **vocabulaire technique**, élaborer des champs lexicaux complets (les mots du foot, de la danse, de la boxe...). Ce sera l'occasion pour les enfants d'échanger leurs connaissances respectives.

▸ En production d'écrit, **rédiger des règles de jeu** (« Comment jouer à la marelle, à chat perché ? »), ou créer une **comptine des jeux** de la classe.

Album et interdisciplinarité

▸ **Vivre ensemble** : faire la liste des règles à respecter dans la cour, aussi bien vis-à-vis des autres que pour sa propre sécurité

▸ **EPS** : respecter des règles de jeu, pratiquer des jeux d'opposition, inventer des parcours d'obstacles nécessitant d'adapter son mode de déplacement. En expression corporelle, mimer des activités de jeu ou des métiers.

▸ **Découverte du monde** : enquêter sur les jeux d'enfance des parents, des grands-parents, comparer avec les jeux d'aujourd'hui : recenser les indémodables, les nouveautés, les disparus.

▸ **Arts plastiques** : dessiner des **personnages en mouvement.** On pourra partir de l'observation des illustrations, manipuler des mannequins articulés, travailler en binômes (un enfant mime le geste, l'autre regarde et croque) ou s'aider de photos prises lors de la récréation.

▸ Réaliser une composition sur le thème de la cour de récréation et des jeux à partir d'œuvres de référence, par exemple, *Les jeux des enfants,* de Bruegel (*La valise-musée,* D. Lagoutte, Hachette Éducation,1991), ou *Gérard Perez de Bouzigue,* de R. Combas (*La valise-atelier,* D. Lagoutte, Hachette Éducation 1995).

Parler autour de l'album

▸ **Échanger librement** sur ses jeux préférés à l'école, en dehors de l'école ; sur sa collection d'images ou d'autres objets : « Pourquoi et comment faire une collection ? ».

▸ **Débattre** sur la notion de « **jeu de fille, jeu de garçon** », sur les limites du jeu en récréation (« Peut-on jouer à tout ? pourquoi ? »), sur l'amitié (« Un camarade de jeu et un ami, est-ce que c'est la même chose ? »).

▸ **Expliquer** oralement une règle de jeu, élaborer ou rappeler les règles de vie dans la classe ou dans la cour.

Catherine Millécamps
Professeur à l'IUFM de Strasbourg

Imprimé en France par Pollina S.A. – 85400 Luçon
N° d'imprimeur : 87734 N° d'édition : 003296-01
Dépôt légal : Septembre 2002